青年与海

侯超凡／著

南方日报出版社
NANFANG DAILY PRESS
中国·广州

图书在版编目（CIP）数据

青年与海 / 侯超凡著. — 广州：南方日报出版社，2021.6
ISBN 978-7-5491-2377-3

Ⅰ. ①青… Ⅱ. ①侯… Ⅲ. ①诗集－中国－当代 Ⅳ. ①I227

中国版本图书馆CIP数据核字（2021）第099277号

青年与海

QINGNIAN YU HAI

著　　者：侯超凡
出 版 人：周山丹
责任编辑：刘志一
装帧设计：二间设计
责任技编：王　兰
责任校对：裴晓倩
出版发行：南方日报出版社
地　　址：广州市广州大道中289号
经　　销：全国新华书店
印　　刷：广州星河印刷有限公司
开　　本：889mm×1194mm　1/32
印　　张：6.875
字　　数：38千字
版　　次：2021年6月第1版
印　　次：2021年6月第1次印刷
定　　价：38.00元

投稿热线：（020）87360640　　读者热线：（020）87363865
发现印装质量问题，影响阅读，请与承印厂联系调换

自序

有哪位爱生活的人儿会不喜欢诗呢?

我是从初中开始写诗的。

那时，我刚从家乡去另一个城市读书，以前的朋友都无法经常联络了。现在想来，生活的急剧改变使我产生了一种将之记录下来的冲动。写诗正是再合适不过的方法。

而一旦进入了诗歌的门，此生怕是再难走出了。

一晃十余年过去了，我从少年成长为青年。对于诗歌的热爱非但未曾消减，反而越来越强烈。现在，诗歌于我而言，更像是一种生活方式——每当有一些东西让我觉得有所收获，我就会试图将它们以诗歌记录下来。

我思索，大家都希望自己的生活变得更美好，我们也都应有一双发现美的眼睛。生活中有许多事情如果我们放过了也就过去了，但是如果反复品味，却会有非常不同的感受。而我们每个人应该做的，不仅仅是说出自己的想法。加深交流，将互相的感受与观念放在一起，以此发现这世界的多样，才应该是我们表达自己的最终目的。

在生活节奏越来越快的今天，诗歌非常适合作为我们表达自己、互相交流的方式。一是诗歌普遍短小精悍，不需要太多的时间就可以读完；二是如果想要好好感受一首诗歌，我们必须静下心来仔细体会，在此过程中，我们也得以从世界的浮华中脱离。

将自己写的诗歌整理成册是我一直以来的心愿，终于马上就要实现。这本诗集收录了我挑选后的个人作品，分成三个部分："我曾经有一只猫咪"为物；"永恒话题"为可以展开讨论的事物；"普通青年午夜续写未完诗篇"为生活琐碎。这些诗歌大多是近两年所作，有些可以追溯到中学时期。

我将这些拿出来与大家分享，是希望提供一种个人视角来供大家参考：如果我们观念相通，那么我们也许可以就更多的事物进行讨论；如果我们观念不同，那么我们可以讨论这些不同的来由。世界正是由于互相理解才更显温暖，也是由于互相不同才更显有趣。

还有，要感谢我的家人给予我各方面的鼓励，我还要感谢生活，正是有了它，才会有这些诗。

最后，祝愿大家每一个人：人生如诗，生活如歌。

超凡

2021 年 2 月 20 日于郑州

目录

Part 1 我曾经有一只猫咪

Part 2 永恒话题

Part 3 普通青年午夜续写未完诗篇

PART 1 我曾经有一只猫咪

我们都应该有一样让我们珍视的事物。

我们从来都不会想起，

却永远也不会忘记。

我曾经有一只猫咪

我曾经喜欢过很多东西
比如在那个雨夜
那只猫咪
从箱子里跑出来
一只小花猫
左眼黄色
右眼蓝色
它是一只波斯猫

我跟它一起长大
在那个院子里
春天很暖
夏天很热
秋天凉爽
冬天很冷

它对我
从一开始的惧怕
到钻到我的被窝
渐渐地
它变得乖巧
懂得了不能跳到桌子上
虽然桌子上的菜很好吃

那时候的日子很漫长
我有时会抱着它
在院子里看那些花
在早春
樱桃花开了

不管风吹不吹
都会有花瓣飘下来

到了夏天
屋子里有冷气
它也钻到屋子里来
我会给它留一条缝
直到它扒一下门
然后进来

有时天会下雨
下雨的时候
是最真实的秋天
于是在很多地方都有了猫爪印
客厅里的长椅
往往是它们的终点

院子里的冬天
渗入骨缝的冷
但我总是有作业要做
在下了雪的时候
猫也会觉得无聊
如果我在写作业
它就会爬到我的面前
也许爪子上还有刚融的雪

我说坏猫
到我的腿上来
不要弄脏了我的作业

我把它抱到我的腿上
可它实在是太暖和了
所以之后这半天
我的作业就没有再翻页

后来我离家求学
再也没有人关心它了
有时它会去别处觅食
但是叫一下有时会回来
再后来它也不怎么回来
我们一家人也搬了家
我想
让它回归自然也好
它都这么老了
我还这么喜欢它
怎么能受得了它死去的那一天

我曾经有这么一只猫咪
我非常喜欢它
我最后让它回归自然
因为现在
我的日子很快
它的日子
应该漫长依然

秋叶

这个秋天有些寒冷
但无论如何
这是一个秋天

风吹过树梢
宣判树叶的死亡
于是它们不再坚持
开始任由身体飘荡

那个秋天有些寒冷
但无论如何
那是一个秋天

风吹过树梢
召唤树叶的新生
于是它们毅然启程
着手复原整片天空

烟云

展馆的文物陈列
依次展示
各自拥有的故事
待到拍卖开始
依次竞价
待到拍卖结束
各自流落天涯

沙漠的沙砾联结
共同组合
一齐拥有的无边
忽然大风吹起
共同纷飞
待到大风吹落
一齐重组天下

江河的鱼群奔流
接续跃起
早已存在的龙门
恍惚水流放缓
接续消失
恍惚水流入海
早已不见踪影

飞鸟

天空中的鸟在飞行
地上的万物
互相认领

拿着新的所得贴在胸前
以此作为
骄傲的证明

飞鸟身后的天空
不曾开口
这片天空下
草地上伏几只
已形成团体的狗
路过者表示的羡慕
可偶尔可时常
大多一笑了之
若未见过飞鸟
天空便始终是那片天空

大地上万物
在互相认领
各自所言之物
大多指向不明
太直白者
要准备好接受嘲笑
那轨迹已无从寻找
虽说飞鸟
还是在某处飞翔

赞美太阳

那是人生中的舒畅时刻
一个清晨
将双臂打开
赞美太阳

赞美太阳
对面的弯月还未消失
拂晓的街道
有几辆车在穿梭

将呼吸化作白雾
昨日饮的茶
便还给了世界

赞美太阳
高呼未曾脱口而出
此时宁静珍贵于宣示
要表达的事物
并不须使用语言诠释

对面的圆月还未消失
再过几日
也许会有一次团聚

所以这大概是
人生中一个珍贵时刻
在一个清晨打开双臂
振臂高呼
赞美太阳

拥抱大地

来吧
拥抱她
拥抱这母亲
高楼林立的城市
美丽而富饶的国度
这是无数人的梦想
筑成这些
从地基到避雷针尖

狂风暴雨又怎样
这城市早已固若金汤
外族早已无法欺侮
一旦踏上
连连感叹驻足

来吧
拥抱她
拥抱这大地母亲
这是多么难得的机会
从高楼俯瞰繁华
冬日的风吹得脸颊生疼
但一旦拥抱她
温暖啊
温暖的大地母亲

她的儿女笑得那么灿烂
就算有时很艰难
所有人都知道的
所有人必须向前看

低下头吧

有个笑容纯真灿烂

拥抱吧

胸膛紧贴她

最好的年纪

当我骑着电车
从学校回家
在棉纺路上
朝向落日余晖
我想
这是我最好的年纪

路过医院前的转盘
已不见那个卖唱的小矮人
后来我在二七万达见了他
他已经身穿制服
摇身一变
成为停车管理员

我依然不会给他钱
我会找一个不收费的地方
停下车
也许还会笑笑
这是我最好的年纪

然后我路过那些
国棉厂
早已变成了空壳
但有许多痕迹留下
我所在意的
大多是美食
工人区的特色
很实在
像我一样（Like me）

这是我最好的年纪

头顶遮天蔽日的绿荫
总能舒畅心情
不由自主地哼起歌
我路过锦艺城
但我大抵不会停
如果我独自一个人
这是我最好的年纪

新青年

踏入中原大地　成为民族脊梁
感受文明源头　共谱待续华章
把握华夏脉搏　新时代新气象
笑迎每日朝阳　青春写在脸上

格物致知　一心求是
比学赶帮　富有担当
心系神州　笃信仁厚
慎思勤勉　勇于争先

走出中原大地　成为世界栋梁
投身大千世界　播散文明之光
吾辈活在当下　千年传承勿忘
欢送每日夕阳　精神记在心上

格物致知　一心求是
比学赶帮　富有担当
心系神州　笃信仁厚
慎思勤勉　勇于争先

初雪随想

突然发现了
窗外的雨夹雪
室友曾告诉我
在东北
有时手机充不进去电

哦
在海南的家具
会被白蚁啮掉
发现它们破碎的
也是只存在于电话那头的物业

要理解某些事情很不容易
甚至发现本身就已很难
网上帖子里的截图
是一段不搭弦的对话
两个不搭弦的人
互相是对方“介绍来的对象”
在路人看来很滑稽
在媒人看来很合适

“麻烦你成熟一点”
即使与别人初次见面
也多展现一些笑颜
“你要买这个东西”
买来大多也不会用几次
除此之外
家中是否有空间
“我从来不会在人后座吃东西”

不礼貌而且会有气味
熟人哪有那么多讲究
“那是因为关系好才随便”

末了两个人都很累
男方说“罢了”
今晚我又要失眠

推开窗户
观察是否真的有雪
灰色的背景
没有使白色更显眼一些
激扬文字的老师
激扬得多了
也让人有些厌烦
新时代的独立女性
近一段在朋友圈转发
带评论自己的恋爱观念

有许多事物
从书桌上拿起来就坏掉了
越是坚信没有根源的想法
就越显固执
甚至最后坚信的本身
也失去了焦点

抬头说一声下雪了
总会听到同学发出惊叹
而这一如既往的理所应当

仔细一想
也已不剩多少时间

推开窗户
让我再拍一张照片吧
这时的雪已下得挺大
透过灰尘密布的窗户
也能看到它们
正在向左下方飞舞

直升机

让直升机起飞
这是一件理所应当的事
否则它们该如何存在
是要静置在沙场吗
还是要让风静静吹
坚强的尾翼也不堪重负

生锈当然不是件好事
不如时常翻新
它们应是蓄势待发的
这样才值得拥有
点燃火焰的汽油

当轰鸣时应尽情轰鸣
高飞的直升机
拥有睥睨大地的权力
那是身为直升机的骄傲
越飞越远　越飞越高

中途修整
该换掉的零件
请尽快换掉
下一次号角马上吹响
所停之处
还只是一个山腰

那些旧的零件
当然不值一提
更高更快更强

这是直升机的操守
也是每架直升机的目标

飞得不高的直升机
当然应该被换代
机群要往上冲
它们有同一个山顶
也有同一个山脚

鸡笼子

故居巷口的菜市场
几家卖鸡的店
不同种类的鸡
以鸡笼分类放置

鸡被抓出来时
显然没有尊严
大抵是头朝下
鸡腿被紧握在手里面

每一次开门都会引起躁动
它们都会往角落里躲
胆小的人才会担心被啄
要等关上笼子
它们才不会畏畏缩缩

一只只利索地被抛进机器
毛褪净后
冬天能看到热气
杂碎有的人要有的人不要
鸡肠太过麻烦
忙碌时大抵留给老板

等下午收摊
地上留下它们生前的印记
它们当然也很有价值
无论是当时
还是后来被人们记起

傻子

一辆车擦身而过
车尾留下烟尘
巨大的痛苦袭来
他一路狂奔
爬上那高桥

一辆车擦身而过
车中人留下一瞥
巨大的痛苦袭来
他一路狂奔
步入车之后尘

一辆车擦身而过
有一些树叶吹落
好似猛然惊醒
痛苦渐渐减弱
他一路狂奔
口中咒骂罪人

碎片

一直在旅途的诗人
逢人便问
“你是否见过
散落在人间的星辰”
它们早已化作碎片
更不知以何种形态
是埋藏还是展现

诗人伸出双手
手中是他已收集的星辰
有些依然光彩熠熠
有些看来平平无奇

传说若将碎片拼全
便可得到
幸福之无上法门
但这传说着实久远
这世间世人
大抵是将信将疑

诗人辗转过无数酒馆
每席将散
便极力收集
流言或传说

“你是否见过
散落在人间的星辰”
酒馆内顿时充满欢声笑语
那个东西啊

谁能说得好呢
你还是不要枉费心思
这世上还有那么多
美好之事

你看这太阳每天升起
有星星的夜晚
月亮也必定闪耀
毋庸说这璀璨星河
你在意的
又来自哪一颗
它又碎成什么形状
你又何必轻信
来自遥远的传说

诗人听罢顿时沉默
但是神情并不落寞
缓了一缓
“若诸位有兴趣
且听我娓娓道来”

我曾周游各地
也的确受到过
无数的嗤之以鼻
但诸位也定深有体会
这世上得到幸福之人
古往今来
本就寥寥无几
无数信徒涌向神像

跪下
并虔诚又虔诚
倾倒各自希冀
无数凡人投入忙碌
俯身
拼命又拼命
将幸福的疑问搁置
更有甚者
早已不相信那口中的幸福
而人们也已屡见不鲜
各自的生活早已充满妥协

我本就是流浪诗人
更不在乎
所谓居无定所
传说真假并无所谓
我想做的
只是将那遥远的传说
证实或证伪

请你感受这手上的碎片
莫笑我此生有此执念
有谁能洞察生活的全貌
又有谁不是活得诚惶诚恐
只要曾抓住
这幸福的一角

生命力

中原的人们
并没有梅雨的概念
只是在这个夏天
雨可能比往年更多一些

雨多了一些
蒙尘的叶子们
便不如以往陈旧
道路上的水洼
一次又一次等待新生

没有归宿的水
在地上等待死亡
或者说它们早已死去
当它们躺在地上
等待消亡后的自由

若它们汇聚成河
它们便寻找出口
任凭任性的人们
将堤坝一层又一层地垒起

没有人不想奔涌吧
只是有人生来就可
有人为了奔涌
要穷尽一生
或穷尽了一生

不要催促

时光将湖水吹皱
路过的小男孩儿
捡起一块石头
试图抵消波纹

不要催促
湖边的树苗虽已长大
阳光晒在小男孩身上
他累时
就将那棵银杏环抱

一次次地试探
寻找最佳位置
白云向他飘来
阳光洒下树荫

不要催促
这时还未到正午
他的肩膀与胸膛渐渐宽广
他拾起更大的石头
石头从湖边下落
时光的波纹不再明显

羊肉、啤酒与虾尾

请不要嘲笑他意气用事
有些事情理智无法解决
他在一个傍晚走入
那家东北菜馆
羊肉串每串一块半
“但要点菜满五十八元”

隔壁小份虾尾也要八十八
它确实份量满满
再加一瓶啤酒
总价来到九十三

请不要嘲笑他意气用事
有些事情不能靠理性解决
门口的横幅他已看过数次
“这附近也没什么特色
这排店哪家搞活动
哪家人就变多一些”

请不要嘲笑他意气用事
有些事情不能靠理智解决
他已经数次经过
东北菜馆门前
但谁也想不到
他最后吃的是虾尾
配啤酒倒是没变

城市边缘

粗犷的城市边缘
人们会变得细腻
你会见到刚下班的姑娘
在清晨的早餐店门前

那姑娘也并不漂亮
虽然她画了浓妆
饭毕她与某人通话
说烟抽完了
然后落下一瓶未开封的绿茶

你若再往西走
便可到达须水河畔
这附近
几乎都是新开发的楼盘
大妈们提着成袋的易拉罐
绕着收废品的围成一圈
若你有兴趣
这附近有好几家胡辣汤店

商场内也不会熙熙攘攘
那家寿司店有三名员工
小哥在服务间隙闭目养神
偶尔来几个外卖订单
小妹会与他一同做完

粗犷的城市边缘
人们不再讨论苛刻或宽容
路过一群快递公司的员工

早会中没有听到口号与成功
在这粗犷的城市边缘
你当然可以说他们平庸
但实际上你又能说出多少
与他们的不同

纪念一位老师

刚放晴的天
再次经过的合欢街
掰手腕的雕塑对面
有卖羊肉汤与烩面的店铺
一个雨中曾经来到这里

刚干完大扫除
与组员一起偷跑出来
遇到当时的物理老师
试探性地打招呼
竟没有受到责怪

“出门在外要懂得体贴自己”
所听过最特别的教诲

知行合一并不容易
之后的另一个夏天
他说
“等把学生送走了再去”
再后来高一结束时的机器人比赛
那是与他的最后一面

老师
记得少喝点酒
少抽点烟
出门在外要懂得体贴自己
从任何程度上讲
知行合一都并不容易

闲人一枚

这世界
节奏越来越快
可是我今天是一个闲人
当我将我的手机解锁
发出了那一条信息

我问你
最近怎么样
俨然一个闲人
此时我应该是
握着随手杯
在公园长椅上打盹儿
天气也正好是春天
无须言语的岁月静好

我问你
最近怎么样
当你收到这条讯息
如果你在认真地回我
那么你在此刻
也俨然一个闲人
此时你应该是
刚睡醒的一头懒驴
自顾自地鸣叫一声
然后翘一翘尾巴

我问你
你来吗
我给你割好了草

我真是好闲啊
当我发出这条信息的时候
我在公园的长椅上打盹儿

灯塔

航船经历
为期十年的封锁
在西风吹来的那天
再出发

港口不远处
灯塔上的灯
在早晨不显得很亮

帆船出发时展现背影
它、灯塔、朝阳与大海
温馨之后是落寞
落寞之后是宁静

只言片语也是多余
当驻守的驻守
当远行的远行

愿景只存在片刻
或者只是愿景
格言说道
悲观者往往正确
乐观者往往成功

我的故乡，你为何哭泣

在这五月的夜里
我的故乡
你为何哭泣

有那么多人生活
在这片土地
他们日复一日地
生长
劳作
养育
我的故乡
你为何哭泣

贵如油的春雨
正浇灌在这里
我的故乡
你为何哭泣
无数的家庭在此
繁衍生息
没有人制造苦难
也没有人制造奇迹
每个人都在传承
我的故乡
你为何哭泣

你送出万千游子
去往世界各地
每当提起
他们都说爱你

我的故乡
你为何哭泣
泥泞的小路
早已铺上新砖
人们也早已
没有那么多叹息

返乡的青年们
将你当作温馨的港湾
我的故乡
你为何哭泣

游人

风来了
风吹起了山的皱纹
阳光将那些皱纹抚慰
再用白云将纹路点缀

山脉也可以变得如此柔和
所望之处
皆是大地给予的绿色
纯洁的蒸汽
遮挡住未曾开发的处女地
在无限的绿荫当中
又有多少生命被哺育

春天给予万物力量
成长的万物在夏天回馈
人们是如此渺小
淹没在这绿色当中
又是如此伟大
发掘出一个又一个的视角

移步换景
游人希望将体力耗竭
有多少景色
这辈子只可能见到一次
不希望听到错过的懊悔
无论是归人
还是过客
我只想要向上爬
向前走

戈壁滩的信徒

遥远的戈壁滩
沙漠当中的沙子
挤不出一滴水
就是那种纯粹
虔诚的信徒双手伏地
向遥远的戈壁滩祷告

祷告
双手合十
再双手伏地
信徒向沙漠祷告
乞求诸神给予一滴水

遥远的戈壁滩
天上可能会下雨
信徒跪在地上仰望
天上可能会下雨

它们来了
雨滴从天上落下来
信徒伸出了双手
遥远的戈壁滩中
信徒仰面伸出双手

期待的无数个日夜
天上可能会下雨
它们没有落到手中
它们早早地蒸发

雨可能会下
雨在半空中蒸发
遥远的戈壁滩
沙漠当中的沙子
挤不出一滴水

信徒双手伏地
在此祷告
突然地动山摇
遥远的戈壁滩
更遥远的洪水袭来

信徒双手伏地
这是对戈壁滩最后一拜
寻找下一片沙漠
遥远的戈壁滩
沙子挤不出一滴水

海滩

空无一人的海滩
夜晚在等待黎明
海潮反反复复
月缺在等待月圆

海风吹过沙面
沙堡渐渐凋零
空无一人的海滩
大海在等待复原

鱼鹰已经归巢
船舶靠岸而停
空无一人的海滩
夜晚在等待黎明

永生之花

曾经是许多人的幻想
在这世界上
存在着的
永不凋零褪色之花

没有人不希望如此
人生中都向往着
绽放之时
是生命力最强的一刻

将之定格
如今业已实现
商店里的品种
任君挑选

再加上一些香氛
就构成实质等同
在欣赏时
它便是千万人梦想过的
繁花之永生

枪手

准备好材料就要入场
有些设定没有来由
比如说
枪手的觉醒
平均需要 0.22 秒
在这之前
除非有祖传加成
他们需要疯狂搜寻
准备觉醒材料

如果没有准备充分
觉醒将不能保证质量
甚至最后觉醒失败
徒留一些用剩下的边角料

有追求的枪手们
有共同的最高目标
第一
打中最难打中的靶
第二
获得一把最名贵的枪
而觉醒的质量
将会决定目标实现的情况
所以觉醒材料的准备
至关重要

在觉醒之后就要打靶
靶场打靶
平均限时

0.06 秒

绝非易事
拔枪
瞄准
射击
需要一气呵成
气定神闲者
必然有过人天赋

所以
温馨服务是必要的
每一个靶场都为枪手们提供
背景使用球面打造
也是应该的
越难打中的靶越少
但没有人不想打中它们
虽然打靶的时间
限制为 0.06 秒

打到好靶的人
将会得到靶场的嘉奖
因为只有天赋异禀的人
才配得上名贵的枪
好枪手的枪
随天赋一脉相承
后代也更加气定神闲
因为有了祖传加成

归途中的黑夜

将你送到接头地点
之后的归途变得很快
在黑夜中穿梭的城市
会接纳许多东西
也会将许多东西给出

一切都要尽快
黑夜有黑夜的事
到了黎明之后
城市又换了模样
快乐的人可以不再快乐
悲伤的人
也可以不再悲伤

归途沿原路进行
路过工地的时候
给尘土飞扬加点儿料
遇到像乌龟一样
又挡道的人
给予鸣笛提醒

听说伪装了一天的自我
有人会在车里卸下

伪装与汽车我都没有
只有一辆电摩托
只能循着车头的光线
再次放飞自我
再次刺破黑夜

飘零者

如果一定要聊点什么
那么此次会晤
是否需要达到双赢
将这段时间
效率最大化
各取所需之后
各奔东西

又或者不需要
喋喋不休者不需要
听者作出有效回应
做一个
行走的树洞
就好了

毕竟后来
喋喋不休者换了又换
并减半
再减半

飘零者在千里之外
感受飘零的
风花雪月
漫天飞舞的东西
渐渐难以启齿
然后在下一个驿站
对伙夫说
来
聊点什么

失落的工人

被告知已不是夏天
失落的工人回归工地
开始堆砌
属于他自己的房子

都很独特
每一块砖
都有其固有属性
又极其个性
后现代的砖
不需要说明

都是即插即用的
哪里需要
就搬到哪里好了

帽子

引子：

也许有人说你无情
或者有人说你多情
总之
这种事情
应该不好解释
那么
下次不妨打个比方
把那些事情
比作一顶帽子

也许是有一天心血来潮
也许是你早已天天念想
你在一个店里
买了一顶好看的帽子
它也许
并不值钱多少

买来之后
你可能在某一个艳阳天
精装打扮
细心搭配
一身行装
心情也变得好起来
逢人便笑

确实不一样了
在那些你需要它的时候
可能你会天天戴着它

或者有一天忘了
会后悔没有戴上

然后有一天你戴着它
去一个地方读书
嗯
岁月静好
树荫下的温度
也是刚刚好
然后你把它取了下来
从你的头上
放到了你坐的石阶上

专心时
时光总是飞逝
晴天也可变阴天
然后突然就下雨了
你当然会想要
找个地方容身

于是你走了
留下来那顶帽子
在石阶上
大雨正在下

也许你会在某个时刻
重新记起来它
非常懊恼
后悔走得太急躁

又或者从此就忘了
仿佛未曾拥有过

但不管怎样
雨过之后
这帽子
你还会去找吗
有很多路人路过
这帽子
还会有谁要呢

金子与试金石

感情的试金石
实在是
太多了
各种意想不到的东西
包含着这世界的种种恶意

可是
又如何定义
善恶这种东西
我还没成为金子
又怎能去苛求得到
那如金子一般的感情

所以那些东西
也不能称之为恶意吧
我现在在这里
在这个阶梯教室
最左后方
重新审视
这些那些

我又有精力去思考了
这是多么美好的一件事情
趁夏日的阳光灿烂
趁考试还没到来之前
抓紧
只属于我的时间
追求更好的自己
To be a better man

I'm not a boy anymore

That's it

Waiting for my perfect life

观雪

我坐在地上
窗外的温度
在零下
路过的路人啊
可否请你停下

不要再忙碌于
所谓的充实啦
如果有记忆
你是否还能想起
自己说过的话

如果你不能想起
就让我来发问吧
生活是要过程
还是结果
你是否
曾在日记本上写过

充实的日子
追忆无法

无限轮回的
只应是通勤的列车
每一天的乐趣
我将它提笔记下

今天
又有什么不一样

如果你答不上来
所谓充实
是否可以说是
一种假象

来吧
朋友
跟我一起坐下
看这窗外的雪
那温度在零下
雪花生来就是不同的
所以不要错过
让我为你
倒一杯茶

雪里

在又一个冬日
我拿起了这杯咖啡
咽下
听着歌
想起了你
想起了远方

曾经的道歉
早已变成了和解
我说是缘分
我们都有了各自的生活
各自也都感觉不错

所以我拿起了手机
将你从午睡中叫醒
询问你
是否需要一杯咖啡
在这个冬日

这是我们的青春
热烈又无奇
我拿起了咖啡
时间是手中的温度
因果是一种伪证
所以我们将一次次地
重复
活在当下

我仍然喜欢你

像我说过的一样
我将这口咖啡咽下
爱情是贯穿全身的
咖啡因般的清醒

我曾想要追求
登峰造极
但都变成了歌词中的
我所在听的
“几句脏话”

不要再对你说了
我想起了你
我曾想要对你展现真实
可生活本身就是谎言
充满了各种交换
我想要带你去一个地方
那是理想中的地方
我们可以骑单车去海边
在阳光与海风中共度余生

可是啊
这是一个冬日
我们有各自的生活
我放下了这杯咖啡
思绪应该收回来了吧
这首诗就到这里吧
活在当下

飞舞的火

看吧
那是被绑在火柱上的爱情
曾为它许诺献出生命
可最后成为如此情景

莫说
请听这噼噼啪啪的声音
我们那些快乐的过去
成了一场献祭

飞舞的火焰
冲天的烟
那些画面
再也无法浮现
燃烧吧
所有罪都将付出代价
就像我们的爱
已成为飞舞的火

世界之雨

我站在屋檐下
楼外是连绵的雨
雨由各式各样的水组成
水来自这世上的千千万

我将我的宝石摩挲
剑士将他的宝剑挥舞
女巫将她的咒语低吟
枪兵将他的长枪刺出
所有的这些
和所有的那些
已全部在雨中展现

我站在屋檐下
楼外是连绵的雨
我看到了宝石与雨水的辉映
我听到了宝剑的破空
我感到了咒语的波动
我嗅到了长枪的杀气

而我的面前只有雨
连绵不绝的雨
我将我的宝石摩挲
在雨中
它渐渐地被磨灭
剑士将宝剑挥舞
在雨中
它渐渐地被重铸
女巫将咒语低吟

在雨中
它渐渐地被淹没
枪兵将长枪刺出
在雨中
它渐渐地被凝滞

它们渐渐地都化作
这空中的雨水
播散至宇宙各处

我站在屋檐下
楼外是连绵的雨
雨由各式各样的水组成
水生前是各式各样的信仰
水生后有各式各样的味道

心，火，茶

如果人生是一壶茶
那我现在的茶
应该是微烫的
刚刚好的温度

如果你想要尝一尝
那就斟一些出来吧
第一道浓香青涩
适合现在朝气蓬勃的你

如果你品完了
可不要忘了
再将壶挂到炉子上
毕竟壶里还有很多
炉子里的柴也有很多
我也不想现在就凉

如果过一段时间
你还在我身边
如果你想再品尝一下
那就再斟出一杯吧
第二道清心怡人
也是很适合满身疲惫的你

如果你品完了
可不要忘了再将壶
挂回炉子上啊
茶叶还没有用尽
炉火还没有烧完

如果过一段时间
你还在我身边
那我请你再来品尝
我剩下的所有
第三道寡淡清玄
让我们一同
神游云边
我会请你把壶放下
在炉子旁坐下
感受无火的余灰
这温度
与世界的冰天雪地
也是很配

云的天

对于天边无瑕的云，
我能怎么样呢？
我只能在地上仰望天空，
追随着它宁静的曲线。
它的一舒一卷，
拨动我的心弦。
但我能怎样呢？
我只能在地上仰望天空，
默默地注视着它灵动的披肩。

对于天边无瑕的云，
我能怎么样呢？
我抓住一丝清风，
问它是否到云那边。
它说它也左右不了，
得看时间。
我还能怎么样呢？
我只能目送它远去，
注视着它那弥留在手中的丝线。

对于天边无瑕的云，
我又能做些什么呢？
我伸出一只手，
想要缩短它与我之间。
我没有翅膀，
无法与它一同飞翔。
我又能做些什么呢？
我只能伸出一只手，
将怀抱展示给蓝天。

对于天边无瑕的云，
我又能做些什么呢？
我只有把视线，
凝固在天的那边。
虽然我不知道，它是否能看得见。
我所能做的，
只有同现在这样，
静等时间。
就如同那一缕清风，
无限地传递思念。
落叶画风，
也不曾改变。

但对于天边无瑕的云，
我还能做些什么呢？
我只有像现在这样，
静等时间。

奋进号

我曾经想过很多
后来实现的很少
比如
她喜欢我
比如
我重新喜欢你

但我依然时常
在走廊里感受阳光
那一刻我想
“放弃一切也无妨”
放弃还未说出口的设想
放弃与你再走下去的希望
放弃你口中的我
那是你生命中的光

我将继续
在大千世界里徜徉
趁年轻
多加闯荡
才有能力到达
梦想中的避风港

向自己的船上
砸碎一瓶烧酒
暂且将之命名为
奋进号

无论对岸是否有人等待

水手都必须远航

就如

无论山的那边是否有人等候

探险家都必须

越过山丘

未合上的书

旧屋里的木桌上有一本未合上的书
上次翻阅也不知是什么时间
它不知过了多少年
只知道每天傍晚金光会洒上屋檐

也许匆匆离开的主人不会回来
也许世上的人也不知道它的存在
但它就那样静静地躺着
你能说它不存在吗?
它就那样静静地躺着
你能说它不存在吗?

门闩已生满了铁锈
灰尘已布满了房间
也许它早已被人遗弃
也许它再也不会发挥作用
但它就在那开着
你能说它不存在吗?
它就那样静静地开着
你能说它不存在吗?

小屋被岁月点燃
张开的书也被燃尽
它已经变得面目全非
再也没有以前的样子
但它发出了光和热
你能说它不存在吗?
它发出了光和热
你能说它不存在吗?

PART 2 永恒话题

没有标准答案的话题才会被反复讨论。

再多听一些细节，

曾认为的平淡也能感人至深。

永恒话题

关心死亡的文人太多了
爱情也被写了又写
如同那些被丰富的生命

工地上那塔吊的
几盏明灯
也许鲜有文人关注
倘若把它比作灯塔
就又变得极其熟悉

工地上空
被水汽包围
成为雾蒙蒙的景象
一个秋叶
大抵离不开
离开后的萧索
雨淋下的寂寞

活在过去的文人
会把一件事物
反复咀嚼
若再赋予一些新的含义
那便是口中
旁人无法理解的孤独

雨水早已浸湿脚面
顾之不及的人
会任之缓慢蒸发
脚趾自会蜷缩一会儿

若它感受到秋夜

雨水赠予的寒意

旷置

昨夜的蚊子侵入皮肤
他们让孩子不要想它
那个地方鼓起一个包
孩子努力地不去想它

那个地方如此的痒
好似在提醒
平地也可以隆起山丘
他们让孩子忘记山丘
山丘不久就变回平原

孩子在乎的事细小如斯
他们让孩子不去想它
不去想它就没有那么明显
平地上的山丘
不管它就会变成平原

拯救

减少对世界的期盼
不见得是件坏事
老友发来的问候
早已不见得那么单纯

慷慨激昂者时常会忘记
彼此深重的罪孽
需要各种彼此的拯救

无法持续长久
此为亢奋之所以为亢奋
一场争论过后的战场
一片寂静
一些亡灵得到解脱

风人

他来了
他走了
再后来
连这句也被忘记

活在当下

弱小的人
可能无法企及
刻薄的人
可能嗤之以鼻
那是我们
走出了各自的世界
那是那样的我们
我们走入了一场梦

我们深知需要改变
就如同信徒
深信着永远的救赎
我们也许不知怎样做起
再回首
却已路途遥远

我们手持有限的光阴
惴惴不安
曾几何时
有些瞬间被重新提起
便再次共同品味荒诞

我们一同
在茫茫的大海边起舞
我们不再在意
自己的脚印
会被沙滩怎样留住

统统拿走

在我一无所有的年纪
请把我仅有的也拿走

拿走我的梦想
那么我就能
再造一个梦

拿走我的爱情
那么我将会
重获新生

拿走我的快乐
那么我才能
发掘更多欢乐

拿走我的时光
这样我才会
活得更加洒脱

成长（亲情）

当他不再感到厌烦
母亲带的水果
总是不可能吃完
更有甚者
早在颠簸途中
已然开始腐烂

当他不再感到厌烦
母亲放的物什
总是不可能用完
更有甚者
他看的第一眼
身已在下一站

当他不再感到厌烦
母亲给的叮嘱
总是没能做完
更不用说
时常讲到一半
就被打断

选择

百合花在一个晚上绽放
这是它的选择
一位青年将它带至桌面
插入那个喷漆玻璃瓶
它的无法描述的颜色
是他的选择

一个阳光明媚的秋天
一个无以名状的下午
一位青年将它带至桌面
放在那清净之地
那是他的整个半年

瓶子的加入
遮蔽了一些黄色的便利贴
它们的内容是他亲手所写
这是他的选择

直到被瓶子遮住
或者无意之间脱落
还是有些未能记住
这是它们的选择

那些便利贴
是全勤得来的礼物
在群里的老师说
这些同学来拿吧
箱内的文具
请随意挑选
这是他们的选择

谎言

你为什么说着违心的话
为什么希望别人关心
又说自己只须倾听
你为什么说想要闲暇
为什么希望自己放松
又说自己做得还不太行

你表达自己开心的言语
为什么是内心失望的掩饰
你表情判定的不耐烦
为什么却被反复咀嚼
直至成为带到梦中的行李

你抱怨着生活单调乏味
却不肯走出家门
以笑脸拥抱社会
你羡慕着别人丰富多彩
却不肯敞开心扉
为生活增加趣味

你总是害怕谎言
却把自己变得曲径幽邃
你总是喜欢真诚
在表达自己时
却是这样的畏首畏尾

泥潭

“没有什么重要的就回聊
我现在在忙”
那是一些琐事
坐在旁边的工人在讲

工厂都要停工
那两个局查得很严
他的面前只摆
一碟凉菜
一瓶白酒
当然是一副碗筷

老板走过来
让他先付一下账
他扫完码
寻找下一个陪伴
你好某老师
最近生活怎么样
两人尴尬的称呼
完美地衔接你好与沉默
“你的母亲身体还好吗”
打断这句话的
是挂断的嘟嘟提示

如果将他作为主角
喜剧将惹人捧腹大笑
悲剧将引人深入思考
可那是平平无奇的
一个雨夜

和一家小店
无什么新鲜可探
无所谓喜不喜欢

用罢餐的路人
大抵也不须注意
出门扬手开伞
腋下有一丝初冬的凉意

青年与海

漫无边际的大海上
一切都显得太远
过去的早已过去
未来的远在未来

那根线
紧紧地嵌在肉里
被拉扯时滑动
才能感受到
真实的疼痛

没有人不相信
牵着的是条大鱼
无论中途是否放弃
时光倒退
无论何时
都能汲取希冀

那至少也带来了一些东西
即使到了岸边
大鱼只剩了骨骸
至少还可
与命运互相嘲笑
过去的早已过去
未来的远在未来

即使没有了血肉
那也是有意义的
即使再回想起来

记忆只留下

漫无边际

疼痛的大海

滋味

喉咙里泛出血的滋味
他们在担心一些鸡毛蒜皮
熬夜的人
一次又一次看着手机

躺着可能会不舒服
那就坐起来再看
喉咙里泛着的
是淡淡的血的滋味

他们在拼命地炫耀
在游戏里达成的新成就
是每一个进场
名旁挂着的标

金光闪闪的当然更好
激动的时候
喉咙里涌上血的滋味
节日马上来临
他们在担心一些鸡毛蒜皮

阑珊

这夜已深
这火锅进行到末尾
那一小瓶酒
还剩下最后一口

小孩坐在地上
正试探使用
刚看到的手段
被问到怎么了
“没事，我只是有些累了”

这行程快到终点
这同行者
聊天有一搭没一搭
绿皮火车到站
各自通报平安

老同学在新时代
试图再续前缘
极其不经意
提到的
是未曾讨论过的话题
“我还真的没有考虑过”
现在还不是时候
过去的早已过去
未来的远在未来

这网络太快
这问候太平淡

即便回复得够快

终归懊恼时

“已不能撤回”

不必解开的结

你在无数个深夜思索
那些还未解开的结
它们会使你失眠
甚至冷汗连连

你曾无数次试图解开
以不再被它们牵绊
你希望有那么一天
你的心像无风的湖面

你时常渴求宁静
你受够了无尽的
追忆
懊悔
自责
正如你摩挲心结时
指尖传来的躁动——
你当时没有漂亮地处理
后来绳子越拉
越是结实的结

可你要明白
有些结就不必解开
你还有那么在乎的东西
这是多么珍贵的事情
多少平静的生活归于平淡
最后如无源之水死气沉沉
古人结绳记事
所有人用心结记录人生

节点

当人们还未深刻体验时间
人们喜欢说永远
但在某个节点再提起时
之后的人们缄默不语

过好每一天都充满了矛盾
人们正是依靠这些生活着
到了某一个节点
投身成为矛盾的一部分

人们讨论着这世界的
泥沙俱下
在某一个节点
又纷纷下场

无人能够幸免
又或者说
在某一个节点
这些是关于幸福的沉淀

游荡者的献祭

太阳越升越高
越来越多的人
开始游荡
大地重归寂静之时
是谁还在遵循
出发时所遵循的路线

有些人跌倒
便改了方向
有些人跌倒
便不再站起

太阳越升越高
世界却逼近寂静
有多少人
在清醒中变成幽灵

但当他们看到火时
还是会向之靠拢
只因为在迷雾中的人们
会抓住任何一个
可以依靠的东西

但他们永远无法依靠
他们无法依靠太阳
在迷雾寂静的白昼
太阳也会被遮蔽
他们无法依靠月亮
在迷雾寂静的黑夜

月亮将不见踪影

他们无序地向前走
向前走的每一步
都异常艰难
但只能向前走
只有当向前走时
彼岸之花才正在开放
背后留下的余温
是对生命的献祭
于是他们越烧越旺
最后他们变成了火
熊熊地燃烧自己

温文尔雅的生活

夜晚的思绪
会被汽车的声音拉长
这个城市早已
没有摩托车
和那些都市传说

所有人越来越温文尔雅
无论只是看起来
还是希望如此
越来越多的人开始避免
或避开一些东西

生活应该是
在轨道上行驶的
列车一样
正如在夜晚的大学路上
行驶的汽车
不再焦躁
没有了鸣笛声
也没有了怒骂

可能会在一个早上听到
一种歇斯底里的叫喊
如果再次听到
会发现宛如翻版
所以知道这是一个疯子
也不需要去看了
大家会皱皱眉然后出发
开始各自一天的生活

谁也

谁也没有
非要表达什么
想要说的越多时
最后说的越少
再后来
甚至觉得
没有必要

谁也不能
非要改变什么
想要做的越多时
最后做的越少
再后来
甚至觉得
有点可笑

谁也无法
非要了解什么
想要知道的越多时
最后懂的越少
再后来
甚至觉得
只能傻笑

亦是行人

来到了岔路口
是向左还是向右
改变者嘲笑固守者的迂腐
固守者对改变者发出质问
无论选继承还是修正
它们都不会被淘汰

更多的人
只是在漫步而已
关于左右的问题没有概念
也不需要有概念
路子越走越宽就好了
我们都幸福地生活着

无论是正在走的路
还是未选择的路
路上的花都足够美丽
所有人都会用一生去发现
然后在留下一个牌子处长眠
想要告诉后来者的事情
就往后稍稍吧

后来者不一定经过此处
在仅有的时间里
抓住机会娱乐自己
无论是想要什么
对于别人
都没有那么重要
如果遇到了

对你的梦想无条件支持

那就记住这些话语

在面对其他梦想时

将这些转交

随意的东西是无用的

落在地上的松针是无用的
直到它被人清扫
回归园圃
也是无用的
在认真的日子里
随意如此的东西是无用的

那校园里的松树常青
一如被塑成雕像的先辈们
无数的学生们路过
在某个下午被人问起
这是谁

有谁知道呢
但它就在那里
在认真的日子里
人们需要抓住的
是事物的主要矛盾
他是谁谁谁
可能是老师们的老师
亦或是有什么突出成就
可那些都早已成为过去式

不会有人再留恋于此
落在地上的松针是无用的
直到它被人清扫
回归园圃
也是无用的

也许会有一些人注意到

这一根比其他的更饱满

又或是一阵风吹来

松针自行飞回园圃

似乎变得懂事

可落在地上的松针是无用的

这日子这么认真

它竟敢随意至此

打鸡血

起先那只鸡早就死了
然后被人丢弃
或者就馍吃掉
换着花样改烹饪技巧

谁能记得清呢
后来品种也换了又换
芦花鸡
非芦花鸡
乌鸡
叫不上来名字的鸡

当新鸡到来的时候
每个人都跃跃欲试
谁能够第一个享受
当公鸡长到一年整
它的血液将被抽出

这次的品种更好
送鸡的人说
虽然是鸡娃子
只要养到时候
一滴可当十滴

村民们
行动起来
上好的鸡娃子
得备上好的饲料
等到来年长成

它的血将被全村人共享

终于
伴随最后一滴血抽出
上好的鸡也行将就木
虽然它也不明白
为什么对它那么好的生物
有一天竟会反目

红色的液体伴随针管
注入村民们的身体
村民们面红耳赤
精神也变得饱满

今天是特别的一天
村民们享受到上好的鸡血
每个人的生活
都更加有激情
每个人的面容
都似返老还童

从此以后的梦想
村民们一致决定
寻找到最佳品种
它将是我们的鸡王
它的鸡血定是源源不断
它的效果更是以一敌三

将它直面，然后解决

可怕的不是黑夜
而是寂寞

只不过没有了白日的匆忙
夜晚的寂寞
更加赤裸裸

从被风吹过的白杨树
到河边女人对着手机的哭诉
也许有牵着手的情侣经过
时光如河水一样静静地流淌

走过操场的时候
也会想起自己曾持球突破
然后在另一个下午叫上二三伙伴
在炎热的夏天
再次将汗水挥洒
我们简单
而又千篇一律的校园生活
看似单调却又非常快乐

所以当你体会到
那些情感的细腻
度过的时间会像弹簧已被拉长
也许有一天
它会再次复原
又或者超过了弹性限度
无法回弹
但我们仍会想起那些

最黑的黑夜
像一口嚼不干的甘蔗
再品仍甜

我们的生命更加完整
当我们直面它
并将它解决

觅食

十一点的秋
我已喝完最后一杯啤酒
黄狗的骨头还没啃完
黑狗看了一眼骨头留下孤单

诗意地活着

下雨的夏天
去搞一下寝室空调的事
这天
天气是真的热
空调还老是断电
这日子
简直没法过

有一些东西
如果没有人愿意操心
正好也比较在意
那就当仁不让
下楼的时候
天正在下大雨
非常大的雨

在楼道口邂逅一个美女
然后送她一程
这生活是如此的美好
又不落俗

有人说诗歌已死
我向来不同意
这社会虽然浮躁
你看
给你一把放大镜
谁还不是诗意地活着

有什么了不起的

如果可以的话
在最好的年纪死去
将所谓自我先放一放
先向前走
将一些欲望丢弃
然后获得了更多的东西
就像这个下暴雨的下午
雨过之后
还是夏天
却已发生了许多故事

重塑

有些事情
是很简单的
在回想起来的时候
你来了
你走了
也许在另一个下午重逢

经历的时光
会将情感变得愚钝
将在一起时的刀尖
磨得越来越圆
直到有一天
变成一把大锤

它重重地落下
狠命地报复
拼命地砸

砸吧
变成粉末
再和上水
将之重新捏成
自己想要的模样
不管可不可以
To be or not to be
That's a question

爱情的市场经济

到底有多少人认为
用身体可以得到灵魂
如果爱情当中蕴藏着交换
那么你认为爱情市场的倾向
是通货紧缩
还是通货膨胀

如果你认为这是一场投资
你手握的各种本金
将会投入市场
那么你是想要以小博大
还是稳健持仓

而你
又不足以创造出更多价值
在市场经济下
无价值的人
将会被清出市场

所以你是想要继续持股
还是赶紧清仓
市场变幻莫测
你可能越套越深
一秒接着一秒

所以我劝你赶紧清仓
如果你认为
当前形势不好
在这个市场

明哲保身

才能进退自如

没有人能够幸免

如果你进入了这个市场

黑暗降临

若黑暗中有光
那便不能称之为黑暗
所以当风暴来临时
举起权杖的萨满
站在山峰的顶端
召唤最纯粹的黑暗

悲伤与快乐
统统应留在前夜
万事万物皆无永恒
虚无中孕育着新生

当黑暗降临
世界为之蛰伏
所到之处皆为虚空
每个人
成为他自己的领主

过客

一个旧文件
在播放器中打开
身边的人
走了又来

我穿过这座医院
去赶一班公交车
一个陌生的中年女人
用胳臂掩面
在路边
一棵并不粗壮的树上

我递给她一张面巾纸
来自我曾最爱的人
而后转身走开
我能做什么呢
我什么也做不了

但我是一名医学生
也许我可以更博爱一些
说到这里
不知何时
博爱也变成了一个贬义词
无所谓了吧
如果你认为
悲欢并不相通
身为人类
这本身就很可悲
不是吗

我的路途
预计一小时九分
所以我还是会
走到最后一排的角落
然后坐下
打出这段话

这世界这么大
江湖上
人来来往往
谁不是过客

原罪

人要用一生来试错
所谓原罪
大抵如此

当你不知道对与错的时候
你拥有着绝对的自我
你专注于事物本身
而不是事物的衍生

但可悲的是
会有人告诉你
“你应该这样
不应该那样”

如果你能说出来那些理由
并且自己坚信着那些
所谓应该
又从何而来
但最可怕的是
你在内心深处的怀疑
它如此隐秘
又如此强大
像一个刚开始形成的旋涡
总有一天会将你吞下

有一天你会自我怀疑
这种怀疑
慢慢地吞噬自己
你开始怀疑一切

并对一些本来坚信的事
犹豫不决

可生活是如此的真实
这些怀疑
容不下半点
所以
这种生活
开始让你决定
它的存亡

是的
你可以改变了
而且你觉得是时候了
你决定玉石俱焚
与过去说再见

可是你是否还记得
是什么
带领你走到现在
是那些所谓的应该
还是所谓的不该

太阳每天依旧升起
我们存在的意义
就在于自己的主观
如果你被别人左右了
那将是一件可悲的事情

平淡无奇

你在一个平淡无奇的晚上
对我说
生活真是平淡无奇啊
我说是的
是这样
这就是生活
这就是生活本来的样子

我们每天面对着的
是这些同样的事物
读不完的书
听不完的课
一个又一个
复读机般的老师
与操场上
放羊一般的
跑操的中学生

你在这个平淡无奇的晚上
对我说
生活真是平淡无奇啊
我说是的
这就是生活
这就是生活本来的样子

你说我
曾让你满怀期待
但现在也觉得平淡无奇
我说是的

这就是我
这就是我
一直以来的样子

我说
你每天碰到的我
都还是那个我
我依然会陪你
走过那些商场
去看那些电影
陪你
一起啃下来这些书
最后
再一起
吐槽那些复读机老师

这些
都没有什么了不起的
我也不是什么
了不起的人
就连操场的清风
也会比我更新鲜一些

可这清风也是生活
是这么的平淡无奇
我说是啊
你说的对啊
这生活
本来就是这样平淡无奇

重新定义

一如从前的
那些瞬间的我
我在睡意蒙眬的早晨
重提生活
也没有什么目标
也没有什么喧嚣
我在这个早晨
重提生活的时候
以生活
定义生活

一如从前的
那些瞬间的我
我在专心致志的上午
重提读书
也没有什么目标
也没有什么喧嚣
我在这个上午
重提读书的时候
用读书
定义读书

一如从前的
那些瞬间的我
我在其乐融融的下午
重提青春
也没有什么目标
也没有什么喧嚣
我在这个下午

重提青春的时候

用青春

定义青春

最后的告别

最后的告别
是极尽浪漫的邂逅
在这之后
在荒芜的废墟中
尘归尘
土归土

我曾沉沦幻想
幻想引领着我
改造世界
废墟上生满了无名的花
将倒下的石柱扶起
建立新的穹顶
宏伟而又落魄

每天与我的城堡见面
种下藤蔓将它缠绕
缠绕
野蛮生长
满世界的萌发之声
它们反过来
反复地撕扯
将无用的
不和谐的东西绞碎

这是我最后的道别
极尽了最后的浪漫
在这之后
在荒芜的废墟中

尘归尘

土归土

沉默岁月

早已杳无音讯了
我将那些平行世界抹杀
沉默
并走过这些日夜

沉默
表白着荒唐岁月
在河边的集市
感官被讨价还价
充斥陈旧的淤泥被掏出
拖拉机在河床上行驶

沉默
思绪在穿针引线
落叶填满空间
土壤需要更多的积淀
以利于日后的回想
有关于这无数个沉默的日夜

事后

知道姓名很重要吗
有那么多名字
早已不再提起

努力回想越发寻常
只留下一些片段
关于一些
不知为何的情节

这个世界很是吵闹
它更不会顾忌谁
选择共舞还是沉默

如果想要被听到
需要大声喊出来
喊得过于大声
却只使眼前的人疼痛

台上的人也会换了又换
看似激情的人
也只是在进行每天的工作

狂欢过后
大抵只剩茫然
耳边嗡嗡作响
消化一夜的体验
需要好几个日夜

躁动

嚎叫
墙上的野猫
在嚎叫
现在是凌晨
或是深夜
都不重要
黎明前的短暂
像熬尽人生的漫长
路灯的昏黄
在等待破晓的曙光

我拿起了手机
时间的数字
给不出意义
翻开了软件
也没有什么东西
值得细想

在前夜
我需要强压躁动
可我也已明白
躁动
不躁动的将要
走向灭亡

沉默的大多数
有着沉默的青春
意义这种东西
“是没有用的

空想”

躁动
不躁动的
表明已经灭亡
若将声音传给空谷
空谷也将回响

回响
若你懂我在说什么
请你与我一起
躁动
不躁动的
早已灭亡

致敬

我回到我们开始的地方
静坐
致敬
致敬爱情
致敬温暖的风
致敬半晌午的阳光
致敬我们那纯真的年代
致敬
致敬与你
致敬牵过的手
致敬不顾一切的吻
致敬组成那良辰的美景

爱情无所谓对错
既然爱过
就不计结果
无论是当时的触感
还是现在的冷暖
时间都不会等待
接受缘分的安排

你我都将踏上全新的旅途
人生从来都无需那句再见
无论是相遇
别离
还是重逢
就如此时的清风徐来
美好而又自然

我依然会保持初心
保持对生活的向往
保持对爱情的追求
保持对自我的坚守
保持对世界的信赖

最后，请让我向你致敬
致敬所有
致敬你

朝圣

让我迈出下一步
朝向这
不知还有多高的山顶
通往山顶的路
只能填充孤独

孤独不代表
这路上我是孤身一人
我所凝望的前方
空气中满布灰尘
只不过
正在朝圣的我们
心中所向
只能是各自的神

我曾经自信满满
现在也信誓旦旦
我不需要拐杖
木棍可以拿来当扁担
我会挑着
我所需要的东西
我需要它们
出现在山顶
那时
我可以振臂高呼
我的朝圣之路
如此纯净

信条

窗口外的天空上
有着我蔚蓝色的信条
我曾在那无风的黑夜里
寻找这梦中的曙光

但我已穿过了黑暗
来到了光芒万丈的世界
已不是无风的夜
不再感叹花开花谢

窗口外的天空上
有着我蔚蓝色的信条
我曾在这清新的晨风中
熟视无睹曾梦寐以求的曙光

但我正贯穿着这片光芒
寻求着一个崭新的黑夜
黑夜中
有那些曾依靠的点点星光

窗口外的天空上
有着我蔚蓝色的信条
我在风光霁月中寻求漫漫长夜
我在漫漫长夜中追求风光霁月

无心之荫

如你所见
若你种下一颗种子
它有一天会长成大树
阳光在神采奕奕地笑着
树洞里的密语传来回响

将树洞挖一挖
没有芯它也能活得很好
树洞的回响能变得更清晰
要保护的人也能够钻进里面

大树有一天会长出果实
果实里面包裹着种子
种子带着密语走向远方
远方渐渐变成茂密森林

飞起来

当蛟龙在世的时候
蛟龙醒了
会说
飞起来！

于是
万物欢呼雀跃
蛟龙腾飞升天
鼻息化成云雾
目光化为闪电

蛟龙飞到天上
蛟龙吟道
飞起来！
于是
万物跃跃欲试
跳蚤蹬直了它健壮的大腿
鸟儿鼓动起它丰满的翅膀
狮子低吼出它浑厚的嗓音
大象高抬前腿把鼻子上扬

蛟龙在空中盘踞
蛟龙吟道
飞起来！
万物激动地齐声叫道
飞起来！
大地上是一片生机勃勃的景象

蛟龙消失了

但是这世界上仍然有很多声音

大象依然会叫

飞起来

虽然它只知道从水池中吸水

狮子依然会叫

飞起来

虽然它只知道在树下打盹儿

鸟儿依然会叫

飞起来

虽然它只知道在土地上啄食

跳蚤依然会叫

飞起来

虽然它只能够在吸吮的时候

叫着含糊不清的这句话

大地上依然生机勃勃

走吧

当我们在院子里享受阳光的时候
你对我说
“我想去看海”
我说“好吧，
那我们走吧”
去看海

登上列车
沿途路过许多不一样的景色
开出城市
大地有不一样的展示
平原上的老农在耕田
丘陵上的树遮住了天
山洞里的黑暗掩住目
山峰上的石头像神仙

过了一会儿
你说你困了
你想要去睡了
我说“好吧，
那你去睡吧”
在看到海之前
可不能缺少了睡眠

于是我一个人在窗边
静看着窗外的改变
不知名的鸟儿飞过
铁道旁的房屋
在夕阳的照耀下闪烁

湖面的野鸭
淘气地翻起了水花
月亮不说话
车厢外静谧在发芽

天亮了
你我都醒了
我叫你一同与我看窗外
你说
还有什么好看的
不外乎平原丘陵山川
你说你想要看海
看这些东西哪有观海畅快
你不愿起来了
你要等列车到站再下来

列车刚停稳
你就拉着我出了站
在住处放下行李
你我直奔海洋
那是你口中所述
心中所想的地方
你欢呼雀跃
终于圆了自己一个梦想
我在一旁笑着欣赏
你开心的模样

大海广阔
不知其为何人所作

潮汐反复
不知其归为何处
你我坐在海滩上
遥望着海的方向
对极目的远方
作出种种幻想

天渐渐地暗了
风渐渐地冷了
你打起呵欠
说
回去吧
有点瞌睡了
我说好
反正明天还能来
你反问道
为什么?
还来这儿干什么?

乐土

夜晚的麻雀叽喳
说此地
有风语呢喃
有光影流转
有溪水潺潺

这静谧无人之地
本不应在此时为人所见
可在这林中
却有一名赤脚少年
就这样
这里就成了一个国
这里是他
和他的国

他看天空圆月手中花
他嗅树上柳叶心中芳
他尝涧间流水坡上果
他触身边枝干原上草
这里是他
和他的国

他这就去
身影刺向林间深处
他内心欢呼雀跃
但行动小心翼翼
虽然在这里
他就是王
但这是他
唯一的乐土

半晌午

阳光
已经有很多缺口的树荫
木栏杆
不知是算好还是不好的空气
远处身影朦胧的房子

绿叶
可以目送的黄叶
小蜘蛛与蛛丝
石头与木头做的长条凳
搭在眉毛上的左手

放远的视线
摇动世界的低语
自然闭上的双眼
四十五度角侧着的头

有些出汗的手
有些虚幻却真实的感受

走近的脚步
转向声源的双目
一如既往的微笑
短暂一生中的一个半晌午

普通青年午夜续写

PART 3 未完诗篇

如果互相包容，

我们大都光芒万丈；

如果互相指责，

我们大都平平无奇。

自我、石头、海滩与冰山

曾试过一直坚持
自我的表达方式
直到面对那堆石头
要想交流
就要用石头的语言

带上一两颗继续旅行
继续坚持
自我的表达方式
直到面对那片海滩
要想交流
就要用海滩的语言

拾起两片贝壳继续旅行
尝试继续坚持
自我的表达方式
直到面对那片冰山
要想交流
就要用冰山的语言

带不走什么的话
把石头和贝壳
都留在这里吧
放下所有继续旅行
怎么能放弃坚持
自我的表达方式

时代变了，大人

如若人们
果真喜欢美丽之事
那么时代变了
大人

他们会避开危险的东西
因为美丽会让人沉沦
他们拒绝的
是这样一个冬天
满院梅花和樱桃花散落
“人生真是寂寞如雪”

萧寂应被北风带走
寂寞的时候应生起煤炉
再望向窗外的白雪皑皑
满怀期待地等待下一个春天

希望
希望是在今天透支明天
危险变了
美丽没变
抱着的火炉就是那个盒子
望向窗外
人生真是寂寞如雪

浅尝辄止

引子：

属于我的自我

只包含着我自己的旧物

我不想再关注访客数了

它生长得越来越快

如同它意义被稀释的速度

自称或未自称的文青们

多半不想被贴上标签

但他们还是会伸出手

当他们身边出现头衔

我只想寻求可深入交流者

可我越来越觉得这是徒劳

他们提起各种事物

最后尽情地落脚到金钱与荣耀

没有人不想争取未来的事物

在这个时代

这更如绿树抽芽般自然

但属于我的自我

只是我一身旧物的集合

我更不知该如何接纳

当他们说

“你的过去

其实不怎么重要”

果真是这样吗

人果真每天都能迎接新我吗

是的
我当然也知道
人无法两次踏入同一条河流

可我之自我
的确是我过去之集合
如果他们想拥有的
只是现在和未来
那么就无所谓深入了吧
毕竟
人无法两次踏入同一条河流

我经过你的世界

布谷声在远方响起
是你在宣示春天
情人节的夜雨打在窗沿
是你站在窗前
我未曾想过做你的什么
直到这个春雨的夜
这一刻我突然明白了
我可以为你的四季奉献

当万物凋零之时
你不需要作出任何回应
我经过你的枝丫
将凋零的美丽观看
我们都希望一个冬天
让无用的旧物长眠
我可以帮你把它们摘下
然后我可以消失不见

当万物沉寂之时
你不需要作出任何回应
我走过你的河畔
将沉寂的美丽观看
我们都希望一个春天
复苏在坝上的田野
我可以唤醒它
然后我可以消失不见

当万物争先之时
你不需要作出任何回应

我走过你的脸庞
将繁盛的美丽观看
我们都希望一个夏天
绽放在舞台中间
我可以陪你到那里
然后我可以消失不见

当万物收获之时
你不需要作出任何回应
我轻抚你的硕果
将收获的美丽观看
我们都希望一个秋天
收尾在欣喜的指间
我可以陪你到那时
然后我可以消失不见

我曾在漫无边际的大海中漂泊

当我走进一间
旷置良久的屋子
请给我
在布满灰尘的桌面上
留下一张纸

纸上写道
“我曾在
漫无边际的大海中
漂泊”

如此一来
我便会
去往漫无边际的大海中
漂泊

将纸条上的灰尘拂去
那时候的我
正在一艘小船上颠簸

我将用很长一段时间
体验这张纸上的箴言
将之牢记于心后
我也正好回到岸边

于是我会将纸点燃
以此升起一堆篝火
等待一个时机
再回到那个房间

我会再次写下一句话
留在一片纸上面
纸条上说
“我曾在
漫无边际的大海中
漂泊”

未曾有过

记下一件件愿望的纸张
过一段时间便须撕下一页
以此就可被当作未曾有过

书上说过的
遗忘也算一种学习
类似于不破不立
十全十美是不可能的
于是被遗忘之物
本就该被舍弃

这因果又有谁能清楚
失神者在雾霾中嗫嚅
癫狂者在混沌中咆哮
却鲜有人掌握
表达的通用语言

于是所有人都希望
那个冬日艳阳的降临
所有人就都不清楚那些
业已被净化还是压制

莫名其妙

是谁说
在遇到他之前
先让自己变得更好
又是谁说
时候不早
你不必再忍受寂寥

是谁说
要使生活充满仪式感
又是谁说
填充实质才更为重要

人们孜孜不倦地创造
新词与新的含义
内容在不完全传递中丧失
从虚无回归虚无
焦虑的人只在乎结果
地狱般的过程
浸泡在恐惧的长河

连廊梦

“那听起来可真是无聊啊”
当我对你讲述那个梦
发生在那个
我们不常踏足的连廊
梦中的我们
仍然捧着书本
并永远年轻
长生不老

季节可能是深秋
连廊中的我们
被稀薄的白雾围绕

但我从未对你描述这些
只因为当我对你讲述
我们都长生不老
你却说
“那听起来可真是无聊啊”

小城中年

终于有一天
他不再说永远
不再谈论爱或恨
走过场的形式也不再保留

与之替换的
是一个又一个的借口
那些大事被一一提起
说起那些
他的口中
关键词为担当与责任

金钱是不足为贵的
而他的白发丛生
“也差不多到了年纪”
但有些时候
偶尔也会提到压力

终于有一天
他不再如当年那样
意气风发
他青年的往昔
只留下津津乐道的几个剪影

是的
他不再说永远
正如他回首往昔
再努力
也只能尽力地抓住几个节点

笑容借着醉意
也渐渐凝固了
他再次举起杯
“再走一个”
一如他已走过的这么多年

他终于来到了这么一天
他已难以回味出
当年的浪漫体验
他坚持着自己认为对的事
这一生很短
这样更转瞬即逝

剪接时光

天气晴朗的下午
两点就能看到月亮
一个小学生说
日月同现
边说边笑

很多的树在伫立着
河畔有不知名的人在思索
医院里出来的病人在踱步
打电话的人
有的哭
有的笑

没有人停下来听
也没有人停下来看
对这个安静的春天
恍惚
是最好的尊重

阳光将时光剪接
又有人在回想当年
跨越的时间
长短变得不太明显
有的人变了
有的人一直没变

挽歌

无论是悲伤还是快乐
业已成为过去
你的前世
在这个清晨留下
对秋天的最后一瞥

无名的年轻人
化作老人口中的惋惜
可惜惋惜不会提前到来
你已下落
借势冲向下一个来生

你已遭受了足够的审判
合上眼吧
无须再经受
未受完的苦难
一位陌生人
为你献上挽歌
一条长线
划定了你最后的领域

这是你留下的清凉的肃穆
啄木鸟飞走
带走了些许的温度
放下失望吧
也放下期许
顽皮的猫咪觉得冷了
在我脚边伏下
静静地遥望那里

天台

没有人讨论宏大的话题
这是天台的长镜头
白天放的被子没来得及收
万家灯火还没来得及享受
小孩子临下楼突然呼喊
一个雾天
城市能有什么新的新鲜

音乐由舒缓变轻快
一杯伏特加进行到一半
如果习惯了与人碰杯
独自一人吃饭也会感叹

生来孤独是夸大其词
这是影视美学的评判
夸大不夸大并无定论
人生要经过很多阶段
钓鱼者的鱼浮还在水上
鱼还在睡
就不要惊醒它

认真一些

蚂蚁将那颗沙粒摆上
沙丘的顶端
而后倒退至沙丘脚下
抬头仰视

千万个门窗中
必有几个
在唱生日快乐歌
歌罢
主角将蜡烛吹熄

抽屉开了又关
物什被放入又拿出来
人们在夜里回家
不远处的灯火闪了又闪

若有人要问
那些意味包含着什么
请先认真地活着
因为意义滞后于存在

二维码时代

看到她时
我核对了一下门牌号
小妹妹与阿姨一起
来宿舍打扫
她的姐姐比她大十一岁
遇到我后
与我聊个不停

她班上有个男孩儿爱惹事儿
“他不是已经转走了吗？”
她喜欢玩手机、睡觉
“信息课就是玩电脑！”

从屋内拿板凳给她
她说她就喜欢蹲着
“尤其是蹲在凳子上”
“你怎么像个陕西人？”

最后她还是坐下了
“出来干活
中午能吃鱼粉！”
“我以后就想当个贫下中农”

临走时想加个 QQ
“我跟你讲
他们都有自己的手机
我没有”
第二天我才反应过来——
她们已经不记 QQ 号了

请不要说了

请不要说爱了
那个时候已经过去很久
雨水业已冲刷完毕
有关少年心动的痕迹

柏油路面偶尔有小洼积水
少年业已不想再结识
更多不那么有关的人

请不要说爱了
这城市越来越大而复杂
从开发区到北龙湖
车程是二三十公里
对于不能开车的少年
这是不可能结识的距离

请不要说爱了
水泥罐车经过的路面
曾经是一片麦地
城市边缘的商场
许多店铺也已倒闭
新来的过客
当然不会为之惋惜

安排

忙碌一天
躺下便感到眩晕
但我本意并非如此

这个年头
有太多苦难要承担
那是钉在骨肉里的疼痛
但我本意并非如此

我热爱这生活
连同它带来的苦难
我当然也会自我救赎
但我本意并非如此

我热爱这世界
它也从未欺骗我
我当然应该安排得更好
但我本意并非如此

我不想让任何人妥协

该怎么形容那种感觉
在金黄灿烂日子里的妥协
坏过在灰暗无光日子里的欺骗
我不是不想要一些妥协
而是我明白
妥协的结局
一是残破
二是覆灭

我认为的爱情如此高尚
但它不应只存在于
遥远的云边
每当我嗅到爱情的气息
它虚无缥缈
但就在两人面前

当我快乐时
它可以与我共舞
当我悲伤时
它可以成为
我的快乐源泉
像远古的萨满举起法杖
只需一瞬
便法力无边

它也可以是
胸前的珍贵信物
当虚弱无助的时候
想起它

便浑身力量
更可以是
手中的开山大斧
需要斩杀时
便劈荆斩险

所以我说
在金黄灿烂日子里的妥协
坏过在灰暗无光日子里的欺骗
如果感情当中加入了妥协
法杖便只是根木棍
舞蹈便不是由衷的
源泉的味道发生改变
信物就来自欺骗
大斧的材质
就经不起实践的检验

更可怕的是
如果开始有妥协
刚开始并不容易察觉
直到法杖举起只招来嘲笑
舞蹈变成了拉扯
源泉变成了毒液
信物宣告了死亡
扬起大斧时
斧柄脱离
斧刃砸到了
自己的头上面

重复感谢

我们都会想找一份寄托
在一些无助时刻
可能会做一些傻事
将应保持
封口的包装撕开
将它们消费

当时的
电话那边的回复
早已忘了
只知道
当时的我们
除了感情
别无可谈

现在的我们
在晚餐之后漫步
在很市井的小街
转眼数年已过
距离上一次的分别

我说
我还是那个样子
不知道她是否知道
这意味着什么

说起来那些难过的时刻
她说她那时想
找个人嫁了得了

无助已成为过去式
便是茶余饭后的谈资
在数年后的现在
我们除了感情
什么都谈

我们说的内容
来源于彼此的
并无太多
我不知道缘作何解
但是我想
在说完谢谢之后
再说一次谢谢

打造概念

鱼和熊掌不可兼得
我对甲方说
如果打造一个品牌
那么首先要找准定位
然后确立概念

我们的概念是极简主义
后现代的
所以对于我们来说
鱼和熊掌不可兼得
我们如果要做鱼
就要做最具有辨识度的鱼
要做熊掌
就要做最有辨识度的熊掌

就是这样
然后我们再说
我们是什么样的鱼
什么样的熊掌
嗯
Logo 的设计当然也要简单
根据品牌名称
来设计最具有辨识度的图画
如果有一棵树上长满的花
那么我们只要那一朵花

对
就是这样
后现代
极简主义

千里江水
我们只取一瓢
但是这一瓢
一定是我们最需要的
只因为它是这一瓢
不是其他

你们都好忙啊

你们都好忙啊
忙各种事情
学生在忙着学习
家长在忙于生计
老师在忙着备课讲课

打游戏的人们
忙着做活跃
拿奖励
但是
总觉得哪里出了问题

男青年泡了杯信阳毛尖
你们知道吗
泡绿茶的开水
泡之前要放一放
如果它是 96 摄氏度
那就刚刚好

适龄女青年们
已不再掩饰
对于自己的企盼
或者有些呼之欲出
但又心有不甘
而孤单的男青年们
也开始解决自己的孤单

可是这些东西
并不是问题吧
就像男青年泡茶时

饮水机上显示的
开水温度

开水温度
100 摄氏度

泡绿茶的水温
最好是 96 摄氏度
父亲曾说过的

没有茶具的男青年
一脸茫然
看着饮水机上的数字
“它所声称的温度
我觉得它并未达到”

把一切归于不可知
所以一切刚刚好
男青年在忙着泡茶
茶叶从茶盒中取出
用 80 摄氏度的水洗一下
将水倒掉
将水注满
非专业人士
也可以有模有样

冲咖啡其实也可
使用这水
使用法压壶

磨好的波旁咖啡豆粉

冲咖啡时
水温最好是 88 摄氏度
这是可以有的讲究

就像学生在学习之前
对书桌的整理
朋友见面时
说的那声“Hi”
情侣在甜蜜时
说的那个爱

你们是真的忙
忙着各种事情
一觉醒来天下雨了
室友昨晚回来时
忘了带回来
带去教室的那把伞

你走之后

我不需要有人陪我
你走之后
我自己过得更好

我每天早上
吃一个麦多馅饼
从口腔医院出去
你知道的
在马路对面
我最喜欢的酱汁肉馅儿

也许我会去旁边报社看看
杂志种类很多
但我大抵还是会
只买一份电脑报

然后趁太阳还没当头
回去
去教室安顿下来
嗯
这就是一天正式的开始

学习的旅途很愉快
视频当中的老师
观点我很能接受
偶尔听课之中
稍微放松
打一把王者荣耀
我们都曾对它嗤之以鼻

我还是可能上头
这个垃圾游戏
队友可能更是垃圾
然后退出游戏
继续学习

你未曾了解过
这样的我
我总是滔滔不绝
在你看来
思维奔逸
随便一件事
扯出一片天
但我现在也可以
不怎么说话
就这么在教室
坐上一天
然后又一天

对
这就是我想要的状态
心无一物
更无尘埃

昨晚九点
与室友一起
去永辉买鸡腿
刚下过暴雨的大学路
积水淹没半个轮胎

鸡腿十块三个
更重要的是
我从没见过
金水河的水面
几乎将河沿覆盖

发呆

天很热
圆通的快递小哥不干了
午后去西门书店门口取快递
然后被大雨困了下来

在雨中的屋檐下发呆
步道上有人走
有人来
生活是琐碎的
但大家都会记得
有些片段

这并不是所谓敏感
就像你
有时候也会脆弱难堪
刚才得到的一瓶豆奶
因为没有起盖器
所以没有打开
“我是临时派来的”
从此在食堂门口
你不会再见到
那个圆通快递小哥的到来

我的二十岁

“有些人二十岁就死了
等到八十岁才被埋葬”
我在度过我的二十岁之后
重新考虑这句话

我可能死过
但我至少现在又活了过来
我希望接受一些新的东西
我买了一本毫不相关的书

但我还是在听专业课
视频中的老师在传道
我是何其幸运
当听到一些话的时候
我知道了
自己并不是孤身一人

我在城南推杯换盏
与已度过两个二十岁的人
但我感受到了年轻的灵魂
那句叔叔我叫不出口
我们像兄弟一样嘻嘻哈哈
他们说叫他们哥就好

我在网上的群里面聊天
与还未到达第一个二十岁的人
我也感受到了年轻的灵魂
我会叫他们弟弟妹妹
东扯一句

西扯一句
青春正好

我在火锅店谈笑甚欢
与跟我同样年龄的同学们
我也感受到了年轻的灵魂
我们吃完饭走在中原路的树下
我会招呼他们走在马路牙子上
也算是活得很精彩
这就是我的二十岁

我们的旅途

在旅途中
我路过很多的牢笼
与很多的牢笼内部交流
所谓的天使
所谓的恶魔
我每一次伸出手
触碰他们灵魂的最深处
可能是开心
或者是悲痛
所有的一切
我都会细细体会

最后发现并无区别
我对他们说
你们并无区别
不可能
他们无不例外地呼喊
“人类的悲欢并不相同
我只觉得他们吵闹”

呵呵
我们当然可以继续这样
我在我的旅途中
你在你的牢笼
可我分明地看到
你的手在往外伸着
也许越来越用力
也许越来越无力
你的手在往外伸着

又何必自己与自己过不去

我邀请你出来看一看

这门是向里开的

让一让

向后退两步

我教你怎么出来

牢笼并不是领土

大千世界更加精彩

人生就是这样一段旅程啊

前方又有什么在等待

在那些日子里

我们终于来到了这么一天
我们终于不会再一起抱怨
那些事情到了结束的关头
当快乐到来时
我们尽量不去注意
它之后的事情

之后也不会想着
去那些小店
前几天我骑着电车
在楼下等你
吃一碗
你最喜欢的
豆花面
那是一家新开的店

去年我们在操场上
看剧组取景
郑大附中门口那条路
我们每天都经过
又提起了那天
于是我们重新审视
满天的绿叶
我说
那些日子里
绿城是我们的绿城
我们是绿城的我们

一起走过

在一些岁月里
一些事被证实
一些事被证伪
但之后被发现的
是这些事情并无意义
有限的光辉岁月
我们一起走过

也许我会一直在这里
也许我明天就会离开
我的朋友们
亲人们
知己们
所有我爱的人
这些时光
我们一起走过

我们会
被一些碎片击中
在有一些瞬间
那一刻我们会穿回此地
而我仍在这些岁月里
孜孜不倦地等待
虽然我
明天可能会离开
但这些岁月
我们一起走过

浪漫的时刻

我会回想许多
人生当中的浪漫的时刻
比如我坐在迪士尼的广场
最佳位置
是那个广场的最中央
观看一整场烟火
一整场的形单影只

带着一顶帽子
白天的满头大汗早就干了
吃过了买的东西
也不需要带什么零食
一整场的游客
偶尔飘来两句清楚的话

当烟火升起的时候
我想我需要一个女朋友
嗯
那就去寻找吧
人生来到了新的阶段
烟火晚会之后有盛大的游行
我也会跟随大家
去走
去笑
我也不知道分享给谁
分享给谁也无所谓

那大概是我至今为止
最浪漫的时刻了吧

这种一个人的浪漫
我置身于一整群人的狂欢
就算是形单影只
也会被快乐感染

我想未来的某个时刻
带我的她来
在原地
给她讲述这么一个夜晚
到现在也未如愿以偿
无数个看似充实的日夜已过
即将迎来新生的
是哪位
还是说
这年华
还是流逝得太少

我读过的一本书
大声告诉我
逝去的不可能追回
过去的就过去了
所以
那就是
我会经常回想起的
人生中的
一个浪漫的时刻

普通青年午夜续写未完诗篇

当我离开你之后
我又开始写很多诗
这真是件奇怪的事
那天我问她
下午唱歌来吗
像我们刚开始那样
她对我说
以后不用叫她了

所以那天中午
我与哥们儿们聚餐
今夜再回想
记不得当时所言

在这个深夜失眠
起来打开空间
关注访客的我
显得可怜
翻开未完成的诗篇
让我完成它吧

我高兴的时候
无以言表
悲伤的时候
无所不用其极
这大概就是为什么
爱我的人
不会在我身边

这样也好
我们都自由地活着
我也往往说不出那些
说出来也怕人觉得是谎言
我喜欢的人
说我很敏感
是的
我确实这样
但我也会忘了很多事
直到有这样的夜

我也比很多人过得好了
我也会这样安慰自己
我想起了她白天给我分享的
那是一篇文章
关于社会顶尖人才的自我实现
我的父亲说过
我并不是什么顶尖人才
我知道
但我就是我
我不需要那些所谓的顶尖

如果那些人的青春
也是如此的迷惑
那请告诉我
所谓顶尖
是哪来的顶尖
最后都成了
自媒体的噱头

作为标题
被贴上了标签

人们大概都喜欢看新鲜的东西
所以我想
如果我写的东西不被人喜欢
那大概它们并不新鲜

嗯
大概就是这样
我也只是
偶尔在一个深夜里
失眠的普通青年

推动

我伸出了手指
将牌
推倒了第一张
我并不知道
它们指向何方
就像我的青春
可以很长

我说
诶
你是不是喜欢我
就像我
在很多的时候
想说的那样

你
也许会手足无措
也许会轻轻一笑
也许会心生疑惑
也许会共诉衷肠

但这一切
并无大碍
我说过了
我的青春
它有很长

我推动了它
推动了

那队列的第一张
我并不知道
它们走向何方
它们就像我的青春
那些故事的线索
越来越长

偶尔

路过金水河的时候
我刚考完一门考试
给母亲打一个电话
问她
吃了吗

这种雨后
或雨将至的时候
我偶尔沉浸其中
将自己归还自然
心随天气一起跳动

回到宿舍
室友说他饿了
想吃烤肉
我说“那走吧”
“走呗”

我们骑电车
来到几公里开外的地方
我说这儿感觉卫生一些
在这种单调的日子里
偶尔也放纵一次

偶尔把酒言欢
像一个智者一样
说一些莫名其妙的话
偶尔推杯换盏
像一个自己曾嘲笑的

俗人一个

如果是为了打开局面
酒喝一瓶足够
我不知什么时候
应该一醉方休
我记得年关
与一些人共饮
偶尔有那种好酒
偶尔有那种好肉

大家都喝醉了
我却喝不醉
但是不能再喝了
大家开始各说各的
说的什么
我都听着
毕竟他们醉了
我没醉着

偶尔我也想那样
但是最后还是没有
这是一种
淡淡的感受
偶尔我也想放纵一次
但是最后还是没有
我最多玩个通宵
中间可能会吃夜宵

我也说不清楚为什么

偶尔也不觉得这很重要

可是偶尔又会想起

想起多半是在深夜

糊涂点儿就好了

偶尔我也这么想

可是都已经这样了

这算个什么事儿呢

模糊记事

有些事情变得不愿意去提起
于是用模糊的语言
比如这些
比如那些

可是如果这样的话
谁又知道你在说什么呢
往往还是会希望被人理解
所以不妨具体一些
比如这些感受
比如那些感受

所以是什么样的感受
这一切
都要归于当时的场景之中
说起来
这感受距离起因
也已有一段时间

哦
我们生活在
这千丝万缕的世界
不妨说几个看看
春天的杨絮
漫天飞舞
阳光和煦
似乎年年如此
可又年年不同

可能就是这种感觉吧

朋友从千里之外
带来粽子一袋
忙碌的生活
各有各的烦心事

促膝长谈
说起这些
说起那些
话题又变得模糊起来
哦
这楼层很高
少年心在迎风飘扬

不举杯
在这灯下
俯视高架桥
电影一般的场景
偶尔有火车路过
旅客们又奔向何方

如果梦真的碎了
那就把它们再拼起来
如果想要换一个
那就再造一个新的梦
人难道
不正是靠这些活着

这些感受

那些梦

倒是很久没有过了

重温这些似曾相识的感觉

备感亲切

那些局外的东西

将它们束之高阁

天国

——现在我就在这里，在没有你的天国

你告诉我你心情很差
对于这些事情没有办法
你凌乱的生活
不懂事的弟弟不听话
并打了你无助的妈妈

我像往常一样
我想要说一些东西
希望可以帮你
后来也像往常一样
你起身离去
你跟我吵了一架

但之后我的心情
比以往更差
我独自吃完
剩下的晚餐
来到了餐厅门口
满脸的茫然
夏天的风有些沉闷
我竟然
几乎没有心情上楼去网吧

但我还是去了
在这个这样的夜里
我还能干什么
我们曾经一致认为
在这些单调的生活里
这是我们仅有的慰藉

这种活动
方便
稳定
廉价
回馈迅速

可我终究还是没能改善心情
我比以往玩了更长时间
我又走在了午夜的街道上
这是我曾经常体会的
男孩的浪漫
我的心情依然很差
在这之前
你跟我说
你无法承担这些
你想死
我说
以后你的事跟我没有关系
你去死吧

所以今夜我就在这里
伏在四分之一的桌子上
周围空无一人
面对着白壁
晚风阵阵
现在我就在这里
在没有你的天国
我从来不想死
这就是我
应对一切问题的办法

你的柔情变得无趣

那种决绝的眼神
你可否
再给我一次
既然你不再爱我
你的柔情变得无趣

当你对我摊牌
我正穿梭在四海三川
见到那些古往今来
是的
港湾没有了
它曾是一个
让我忘了别处的东西

可我终究还是要拥抱这些
这些更加宏大的事情
就像我对你说过的
要玩就玩大的
既然事已至此
我想
接下来
玩点更大的

所以我在想
那种决绝的眼神
能不能再给出来一次
你还有那个本事吗
当我说
你的柔情变得无趣

不如再试着给出来一次
那种决绝的眼神
那样可能会更有趣
当我坐拥四海三川
当我穿行在古往今来
让我重新看一下
看看你曾指责的东西
是否像你当时说的
那么致命

春花开了

我默念着
春花开了
我追随着先辈们的脚步
所谓单调的生活
我从来没觉得苦
因为你看
这春花开了
同学们
都走到了走廊上

我在这一角落
患上了伤风
但这是春风带来的
有些树正在发芽
我们的生活
是崭新的
因为春花开了

致友人

你分享了一首歌给我
今年的初冬
无人感到寒冷
我们共同享受着
世界是金光万丈的

杨树叶从树梢落下
此时我希望的是
无人感到挣扎
晚餐可以很长
归途可以很短
言语无需很完整

其实
我们都可以很快乐地活着
不管人生怎样
只要提起一些东西
有人来和

我与我，视线相连

我坐在教室里的座位上
窗外是立冬的叶
金灿灿的树
配着灰蒙蒙的天
加上被视野
截断的电线
远处是一幢不算高的楼
楼内仿佛藏着我的那年

那年我也在同样的城
那也是一个初冬
我坐在出租屋内的床上
也拥有一片视野
只是它没有立冬的叶
只有被截断的电线
和更小的
一块灰蒙蒙的天

对了
我还能从这口天窗中
看到一根电线杆
所以那是一个
静止的世界
如果无风无雨
只是阴沉的天
那么只有时钟
在提起流动的时间

有时会有一只鸟

在电线上停留
如果有一次多了一只
那将会无比的新鲜
当然最新鲜的是
我还能看到南飞的雁阵
它们
是使者
是对我
展现世界的“人”

我从未刻意
记下这些
那时
也只会觉得无聊
因为没有找到想玩的游戏
从那台母亲留下的
笔记本电脑
“不会有一个时候
比这时更无聊了吧？”
那时的我望向窗外
却与此刻的我
视线相连

此刻我坐在教室的座位上
窗外是立冬的叶
金灿灿的树
配着灰蒙蒙的天
加上那段
被视野

截断的电线
远处是一幢
不算高的楼
我望见楼内
自己的那年
……

平静生活的刺激日子

平静的日子里
如果想要找点刺激
不如骑上车
带着她
与风赛跑一番
这样的话
我还是那个追风少年
我也依然能够向一侧挥手
将种种过去枪决

虽然我不一定能够一枪中的
可是我的车也不是那个车了
所以即使我未曾击中它们
它们想要追上我也没有办法

这样的话
在平静生活的刺激日子里
只剩下两件事需要注意
一是唱要好好地唱
二是笑要真实地笑

我在黑暗的房间

我在空无一人的房间
黑暗包围着我
那些温暖
欢乐
一切与我无关

远方传来机械的空气流动
窗台上堆积的衣服
遮住了不必要的亮光

这人生
就是如此让人绝望
就像今晚
它本该那么温暖

楼上的孩子依然不知疲倦
邻居每天都会怒吼她的孩子
我的心已经难以掀起波澜
就像那些欢乐与温暖
是好是坏
一切与我无关

在这黑暗的房间
重新拾回我的孤独
一个人的夜
无须说再见

我站在并不存在的山峰

你可以说我行
也可以说我不行
但不管怎么样
这些都只是
远空中的倒影
峡谷的风带走些许的余温
但它绝带不走薪火
只要我一息尚存
前进的路上
我也许会一次次倒下
但我终将战胜它们
包括我破碎的灵魂

扬起旗帜
人生是一场冲锋
高声呐喊
即便队伍只剩我一人
就算是断刀
我也要插入敌人的胸膛
就算是倒下
我也要倒向前进的方向

猜

猜

我喜欢瞎猜
猜星星是不是没了
猜风走了会不会回来
猜在太阳落山后
还有多少余温能从石头中招徕
以及这些能不能支撑我度过夜晚

石边的树枝曾向我招手
但我现在想知道它是否
能够撑住狂风的怒吼

我取下它
它却依然招摇
前人不知道
我将心室用它筑造
我取下它
它却依然招摇

下一次我取下的它
是不是应该有一些不同呢
我默念着
而我听见远方的人
仍在一如既往地观赏着
啊
这树枝还是一如既往的美
我们去摘一次吧

感人肺腑的东西

你习惯了熬夜
习惯了在深夜发一些感人肺腑的
东西
这样大家一睁眼
就能看到你
看到一片赤诚的心

一段感情的开始
也许是波澜不惊
又或者轰轰烈烈
永存你心

你习惯了熬夜
习惯了在深夜抹除一些感人肺腑
的东西
这样大家闭着眼
就看不到你
看不到一颗纯洁的心

一段感情的结束
也许是波澜不惊
或者是轰轰烈烈
永存你心

如果天冷了该怎么办呢

那万一咱俩分手了该怎么办呢
这真是个伤脑筋的问题呢
就像问
你在明年的今天晚上没饭吃的话
会干什么
我并不知道该如何回答
所以我问你
如果今天晚上外面的风没有刮得
很大
该怎么办呢

这恐怕也是个伤脑筋的问题吧
毕竟现在外面的确寒风凛冽着
你说
这问题该如何回答呢
所以这些问题
等到时候再说吧
明年今天晚上会有人请我吃大餐
也说不定呢

从此，每天都会更加快乐

我不喜欢那些所谓誓言
所以我想
即使是很多人喜欢
总该有几个人也跟我一样吧

我喜欢阳光
尤其是现在这个季节的
暖暖的
它并不需要什么诺言
也能映亮一片天

我不喜欢那些所谓誓言
所以我想
如果不是被逼无奈的话
还是尽量不要做违心的事吧

我喜欢树叶
不管是哪一个季节的
静静的
它并不需要什么诺言
也能装点一角世界

我不喜欢那些所谓诺言
所以我想
像这种令我感觉幸福的时候
不会说谎的我就不要毁掉自己的
心情了

我喜欢微风

尤其是有阳光、树叶的时候
轻轻的
现在我拥有了梦寐中的场景
还需要什么诺言呢

从此，每天都会更加快乐

特殊时期的轶事

引子：

少年，是这边的少年；姑娘，是那边的姑娘。

春天的春风
也可以很凛冽
打落百花
拔出绿的嫩芽
而你我
在食堂中默默地咀嚼着
象征性地品尝着什么

阻隔在你我之间的
是两排桌子
三条过道
它们使我在这阴冷的早晨
看不清你的脸
看不清你的脸哟
但又怎么能不多看两眼呢

你偶尔地也在抬头
好像也在看着我
可是在这阴冷的早晨哟
你我之间阻隔的
是两排桌子
三条过道哦
虽然你带着眼镜儿
可你是否能够看得清呢

这是一个
春风凛冽的早晨
屋外寒风阵阵
屋内你我无言
少年　是这边的少年
姑娘　是那边的姑娘

这是一个
春风料峭的早晨
水龙头边站着两个人
一个少年
一位姑娘
姑娘在漱口
少年则刚刚赶出来

水龙头上面有一大面镜子
姑娘抬头时看见了少年
四目相对
相对无言
姑娘朝旁边给少年让了让
少年朝前看去
与姑娘并肩

此时
少年与姑娘之间有
一层空气
两层衣物
但姑娘

是那边的姑娘
少年
是这边的少年
屋外春风凛冽
屋内并肩无言
双肩相并
相并无言

这屋外
是寒风凛冽
姑娘走在后
少年走在前
登高楼时
少年与姑娘之间有
两道扶手
几层台阶
少年向右下方瞥
料峭的春寒里
他看得很真切

少年故意地放慢脚步
但又不好意思停下
姑娘着意加快步伐
但又不能太浮夸
于是
停与随之间
依旧无言

这屋外

是凛冽的春风

姑娘

是身后的姑娘

少年

是面前的少年

四足相顾

相顾无言

自前而后刮过一阵春风

它是否能够带来

一些牵连

我已迷上黑夜

到底有多少誓言
去粉饰谎言
还是早已找不到
什么想实现
在无数个黑夜
在街上默默骑行着
再回到镜子前
再看看那张脸

有人说自己会慢慢地变
变成自己讨厌的那种人
是否那一种讨厌
只是在体现着抗拒的灵魂
只不过抗拒归抗拒
这路上又有多少人
能够洗掉那
满身的尘

我多想粉碎这
糟糕的青春
可青春朝我笑笑
你何时有的青春
青春到底是什么
是午夜的狂欢吗
还是一些不负责任
与满身无助的伤痕
青春到底是什么
是无尽的克制吗
还是将所爱的人深藏

看着她跟了别人
我一次次拷问自己
那已不纯洁的灵魂
到底有多少污点
想要埋得更深

当我再一次面对着
那憔悴的面庞
我却猛然发现
我已爱上这夜的深沉

它像一把锋利的刀
将我的劣根用力刨
它将我的光鲜撕裂
不需要片语只言
它将我这个蠢货
丢在无边的沉默
它又给我楼下发动机的声儿
提醒我还不至于那么蠢

我多想一醉方休
却总是给不了自己理由
我多想找个女孩儿陪
可最后只能说“再见，无所谓”
她们说“为何找朋友‘下手’呢
这样以后多尴尬啊
为何不找个别的人
去抚平你的伤痕”

可是这么多的朋友
也交往了那么长时间
又有几个人了解
那些问题的根
连这么长时间都不能看出
我的解药在哪
难道我就应该希冀于
初见的人
人生若只如初见
多么浪漫的字眼
可是他们有没有考虑过
初见之下的肮脏
就如同这温柔的黑夜
我已不感到心慌
它让我渐渐领略到
这人生的荒唐

我渐渐迷恋上
午夜虚寥的马路上
独自骑着车往家回着
迫不及待地
想看看那镜中的脸庞
那上面写满了
罪恶
欲望
肮脏
又是怎样的冠冕堂皇

后记

对于我们最珍视的东西，我们恰恰不会将它与价值联系；对于我们最想讨论的话题，我们恰恰不会首先讨论它的意义；对于我们感受最深的事情，我们恰恰不会每次都将它提起。

总有一些东西是无法以某样标准衡量的，而这些东西才是组成每个独特人生的基础。本书也正是以本人认为无法衡量的事物拼凑而成：一些事物、一些话题、一些琐碎。它们就是它们，我们可以尽情感受，但可能永远也谈不上理解。

如果你也有一样珍视的事物，如果你也有一些想要讨论的话题，如果你也有一些琐事想要共同品味，不妨把这些记录下来。在记录的过程中，我们可能会重新发现世界，也重新发现自己。我们都只有这一辈子，怎能不珍惜这一个又一个的片段。先把它们珍藏，有朝一日把它们串起，它们便成为我们胸口那串闪亮的、独一无二的项链。

我曾试图以诗的方式记录人生，最后发现人生竟真成了诗。